5

Tallerkner

Flyve-Havre

Digte, kortprosa, noveller og andet skriv

af Henrik Neergaard

Udgivet af: BoD - Books on Demand, Hellerup, Danmark

Trykt af: BoD - Books on Demand, Norderstedt, Tyskland

ISBN: 9788743054375

Føljeton nr. 1 – Afsnit 2

Uden Paraply

Det bliver tørvejr i morgen, hvis det da ikke regner, siger de i vejrudsigten, mens jeg brygger mig en spand kaffe. Forståeligt nok, tænker jeg, det lyder logisk, næsten fornuftigt. Sådan er det på TV, det kan vi lide. En god gang mundsvejr er aldrig at foragte. Når vejret ude i verden nu skaber sig, som det gør.

Jeg surfer lidt rundt mellem kanalerne. Der må da være noget interessant et sted. En statsminister er trådt tilbage. Benzinpriserne rasler ned. Der er stormflod et sted, tørke et andet sted. En skovbrand er kommet under kontrol. Nu skal tøjmoden være lidt kortere igen. Til kvinderne altså. Vi mænd er åbenbart ikke så konjunkturfølsomme. Eller også bruger vi bare ikke så mange penge på tøj. Der bliver tændt lys i et vindue på en gade i Detroit. Det er den tid derovre, hvor bilerne ruller ud fra samlebåndene, stilfærdigt brølende af ny lak. Ikke længere i døgndrift, for bilsalget er også faldende, siger de. Jeg tager en hurtig kop kaffe til.

Overtøj på. Lidt efter står jeg i en bus, hvor chaufføren må have trukket sit kørekort i en automat, sådan som han kører. Eller også er det bare buskultur på københavnsk. Det er sikkert trafikkens skyld. Hvad bliver det til med den cykelmetro. Står af bussen igen, nu skal jeg ud at gå.

Det regner, mere nu end da jeg gik hjemmefra. Længere henne ad gaden er der udsalg af paraplyer. Alle folk går med paraplyer i dag. Det er snart ikke til at se regnen for bare paraplyer.

Nede i sidegaderne går folk med små, små forsigtige skridt forbi de parkerede biler, som om de er nervøse for et eller andet. Disse altid parkerede biler, der fylder det hele og spærrer for at de andre kan komme til at parkere, så der altid er kamp om pladserne.

Rendestenen er fuld af skårene fra knuste flasker, så pas på fødder, cykeldæk og hundepoter, i omvendt rækkefølge, skulle jeg mene. Dem, der stadig har en cykel, der ikke er blevet stjålet eller hærværket, tager dem med ind om natten, fordi er så glade for dem, eller af en anden og mere negativ grund, eller begge dele. Selv har jeg for længst opgivet det med at have en cykel herinde i byen. Jeg gider ikke bøvlet med cykeltyvene, hærværksmændene og heller ikke med forsikringsselskabet.

Dem, der synes, benzinen er alt for dyr, selv om den er faldet lidt i pris, kører alligevel på arbejde hver dag, i bilen altså, efterhånden som de nedlægger den ene busrute efter den anden. Hvis de altså har et arbejde at køre efter, ellers lader de bare som om. Og dem, der ikke har noget arbejde at køre efter, de lader bare som om. Og dem, der ikke har bil, de lader bare som om de har. Og dem, der er alt for fattige på ressourcer og status og alt det pis, de nøjes med at lade som om de ikke lader som om.

Jeg undrer mig tit over samfundet. Men nu går jeg videre. Der er ikke andet at gøre. Hvor hører jeg selv hjemme i de der grupper? Tja, sådan lidt on-and-off. Nogle gange har jeg et arbejde, andre gange ikke. Jeg er jo ikke ligefrem noget karrieremenneske. Den slags ligger slet ikke til mig. Jeg tager, hvad jeg kan få. Men jeg er da heller ikke decideret social taber. Sådan en på konstant forsørgelse fra det offentlige i årevis. Det er jeg sgu ikke. Trods alt. Jeg klarer mig selv det meste af tiden. Selv om det ikke er noget tårnhøjt niveau. Men jeg klarer mig da. Jeg har faktisk også en bil. Men det er en gammel øse, der burde have været udskiftet for længst, hvis bare jeg havde pengene til det. Tit vil den ikke engang starte. Så jeg er ikke helt med blandt dem, der har succes, hverken med arbejde eller bil eller andre ting, for den sags skyld. Men jeg er sgu da heller ikke udenfor. Lige som med kærester. Nogle gange har jeg en, andre gange har jeg ikke. Sådan er det bare. Og jeg har tag over hovedet og tøj på kroppen, selv om der ikke er noget af det, der ligefrem er luksus.

Det med overhovedet at klare sig igennem på den måde, jeg nu gør, det er slet så meget en selvfølge længere, som man nok regnede med tidligere. Forskellene er blevet større. Der skelnes hårdere mellem, om man er en succes eller en fiasko. Ligesom med en computer. Sådan en computerchip har kun to positioner. Enten er den tændt eller også er den slukket. Der er ikke nogen mellemting. Det er enten eller. Måske er det det princip, der også har spredt sig ud i samfundet og påvirker vores måde at tænke på. Og politikernes og de andre beslutningstageres, ikke mindst.

Men der skal i hvert fald mere til for at blive betragtet som en okay person. Sorteringsmekanismerne er levet hårdere. Stemningen i samfundet er skiftet. Det drejer sig ikke længere om at få alle med. Men om at finde ud af, hvem der skal sorteres fra og ikke have lov til at være med. Ikke i det gode selskab, i hvert fald. Det, de kalder at skille fårene fra bukkene. Sortere mellem de nyttige og de unyttige, mellem dem, der giver overskud og dem, der giver underskud. Mellem de gode og de onde, i en ny fortolkning. Eller de gode og de dårlige, måske snarere. Jeg læste en gang, at ham der Stauning, der var den første socialdemokrat, der blev statsminister og vist blev ret berømt på det, han var cigarsorterer af erhverv, før han gik ind i politik. Det lyder som et lidt underligt erhverv. Ikke bare en, der laver cigarerne, bortset fra alt det med rygestop. Men en, der åbenbart har fagskole og svendebrev og det hele, i at sortere cigarerne, alt efter – ja, hvad ved jeg ikke. Men ham Stauning var altså cigarsorterer. De fleste af politikerne i dag er menneskesorterere. Endda uden svendebrev. Selv om de skændes lidt om, hvem der først og fremmest skal sorteres fra. Det er det, en stor del af den politiske debat handler om i dag.

Aj, nu bliver jeg politisk. Det gør jeg en gang imellem, men det gider jeg egentlig slet ikke. Ikke lige nu, i hvert fald. Jeg går videre. Butikkerne her i kvarteret bliver mindre og mindre. De gamle butikker. Ganske gradvist, lidt efter lidt, meget lavmælt og afdæmpet. Indtil de ligesom forsvinder, lige så stille. Efter en kort periode som døgnkiosk eller pizzabar forvandler de sig til små mærkelige kontorer med mikroskopiske navneskilte og persienner, der altid er rullet ned.

Dem, der har bil, og det er slet ikke så få, selv ikke her i kvarteret, kører ud til omegnen og de store butikscentre, hvor de kan gå amok med kreditkortet og købe stort ind, i kassevis. Derude, hvor hele weekenden og mere til er på tilbud konstant, og nu med 15 procent ekstra kvalitetstid, og til næsten endnu lavere pris. Det er utroligt, det kan lade sig gøre, men der er hele tiden nye fantastiske tilbud på vej til alle registrerede normalborgere. Fortsat naturligvis, at de overholder de aftalte mål og fremfor alt holder kreditværdigheden i hævd på enhver tænkelig måde. Allerhelst suppleret med en fremadskridende hvidvaskning af samvittigheden gennem stadig smartere mentale teknikker til den slags.

Det er jo pæne mennesker, vi taler om her, velfungerende ud over alle grænser, velbjergede og velforsynede med hjælp fra deres selvbyggede og velbyggede netværk, professionelt, privat og intimt. Og venner, bekendte og familie, selvfølgelig. Nej, vi taler ikke om sort arbejde her, højst en smule gråt, lidt vennetjenester, husk det, kun vennetjenester.

Marskandiseren henne i nummer 19 passer stadig sin lille støvede butik, selv om der næsten aldrig er nogen kunder. Men det er måske fordi han stadig kun sælger mod kontant, han må være ualmindelig gammeldags og stædig, når han vil nøjes med det. Jeg var dernede i hans lille kælderbiks forleden dag for at købe en af hans brugte paraplyer. Ja, han sælger brugte paraplyer for et par småmønter. Så nu bliver det sikkert godt vejr i morgen. Jeg mener, det regner som regel kun rigtig meget, når man ikke har nogen paraply med.

Jeg opdagede i øvrigt noget sjovt, da jeg var nede hos marskandiseren. Eller paraplyhandleren, som jeg er begyndt at kalde ham. Den første paraply, jeg havde købt, viste sig at have et lille hul, det er problemet med brugte paraplyer. Så jeg måtte hen og bytte den, og det gjorde han også villigt nok. Så fik jeg en anden, i en lidt mere skrigende farve, nærmest neonlysegrøn, og der er kun lidt problemer med fjederen. Ellers ser den ud til at være hel og pæn. Ellers må jeg jo bare hen og bytte den en gang til. Jeg så at han havde et større lager af paraplyer i et af kælderrummene. Åbenbart alle sammen brugte, men ham om det.

Jeg har også købt et par andre ting derhenne. Nu jeg alligevel var der. Forleden gik jeg lidt på opdagelse i butikken, med hans velsignelse, naturligvis. Bare for at se, hvad han havde, og sådan. Han prøvede næsten ikke at overtale mig til at købe noget. Næsten. Men det er da sådan også okay, det er jo hans levebrød, det her. Selv om jeg flere gange kunne se på ham, at han skulle kæmpe hårdt for ikke at give for fristelsen til at begynde at anprise sine varer. Men han har sikkert hurtigt kigget mig ud. Jeg hader for mange anprisninger. Eller anprisninger i det hele taget. Som regel er det tegn på, at der er noget galt med varen. Ellers var det jo ikke nødvendigt med alle de anprisninger. Ligesom når et firma pludselig begynder at reklamere helt vildt for nogle varer, som de ellers ikke plejer at ofre ret mange reklamekroner på. Så er det som regel, fordi de har svært ved at slippe af med skidtet.

Jeg fik for resten et mindre chok, da jeg var derhenne igen for et par dage siden. Inde i et af de bageste rum, hvor jeg ikke havde været før, hang der et spejl på væggen. Ikke bare et almindeligt spejl, men sådan et morskabsspejl. Sådan noget a la Tivoli eller Dyrehavsbakken. Sådan et, der er lavet på en måde, så det forvrænger ens ansigt. Jeg kunne selvfølgelig ikke modstå fristelsen til at gå hen og stå foran det og bevæge mig lidt, så mit spejlbillede blev forvrænget og kom til at se mere eller mindre grotesk ud på forskellige måder. Det stod jeg så morede mig med lidt.

Jeg grinede lidt af mine skæve og forvrængede ansigtstræk. Lige indtil jeg opdagede, at jeg havde en falmet grøn skjorte på. Så blev det pludselig helt spooky. Jeg var nemlig helt sikker på, at jeg havde taget en sort T-shirt på i morges. Og faktisk ejer jeg ikke en eneste grøn skjorte. Jeg går i øvrigt slet ikke ret tit med skjorte, men mere med T-shirt. Det rystede mig altså lidt. For det var noget mere avanceret end den slags sejle plejer at være i Tivoli og den slags steder. Så hvad var det lige, der foregik.

Jeg faldt dog lidt til ro igen, da jeg drejede hovedet til siden og fik øje på marskandiseren, som stod i nærheden, uden at jeg havde lagt mærke til det før. Han havde nemlig en falmet grøn skjorte på, der fuldstændig lignede den i spejlet. Så der var alligevel en naturlig forklaring på det. Så det var altså hans spejlbillede, jeg havde set i det mærkelige spejl, og ikke mit eget. Spejlet var nemlig lavet så specielt, så det ikke var en person, der stod lige foran det, der blev spejlet i det, men en person, der stod lidt ude til siden i en lidt skæv vinkel, forklarede han. Det var altså en del af morskaben ved spejlet, at det spejlbillede, man så, når man stillede sig foran det, ikke var ens eget, men en anden person, der stod ude til siden og som man måske ikke engang havde lagt mærke til stod der. Det var et spejl, han havde fået fra et omrejsende tivoli, der var gået konkurs, og det der spejl var noget, der havde taget kegler ved sådan en byfest, hvor folk havde fået noget at drikke, og så så de pludselig en anden person end dem selv, når de stillede sig foran spejlet. Især hvis den anden person havde været kvik nok til at lave de samme fagter og kropsstillinger og grimasser, som den der stod foran spejlet. Han lød helt stolt over det, da han fortalte om det mærkelige spejl.

Opvask

Åh, hvor jeg ikke gider, sagde hun og tørrede endnu en tallerken af. Var det måske hendes skæbne her i tilværelsen at fungere som menneskelig opvaskemaskine for hele familien? Det var for surt. Det var for hårdt. Det var urimeligt. Alt for urimeligt. Det kunne ikke være meningen, at det skulle være sådan. Men hvad kunne hun gøre ved det, tænkte hun.

Hun havde efterhånden fundet sig i det alt for længe, tænkte hun. Og så kom hun til at tabe en tallerken på gulvet. Nå, det var så den første i dag. Hun sukkede. Hver dag røg der som regel et par stykker. Men heldigvis havde de nok at tage af. Det var en af fordelene ved en pæn borgerlig familie. En såkaldt pæn borgerlig familie.

Hun sparkede skårene fra den knuste tallerken ind under komfuret. Den var gået i rigtig mange små stykker, så det måtte have været et hårdt fald mod gulvet. Eller også var den bare faldet uheldigt. Så den havde ramt ned i gulvet et sted, hvor den i forvejen havde et svagt punkt. Det kunne man aldrig vide. Det interesserede hende i øvrigt heller ikke. Hvorfor skulle man bryde sine tanker med den slags?

Hun tog en ny tallerken op og begyndte at tørre den af. Et øjeblik stod hun og vejede den i hånden. Så trak hun på skuldrene og gav sig stille og roligt til at tørre den af med langsomme og omhyggelige bevægelser. Det var dårlig stil at tabe to tallerkner i streg, selv om hun tit havde spekuleret over, hvordan det mon ville føles. Men det var en af de regler, hun havde pålagt sig selv. Der måtte trods alt være lidt system i det. Det andet ville være for meget sløseri. Der måtte dog være grænser. Selvdisciplin, kaldte man det. Det var jo det, hun var ved at optræne. Det blev hun ved med at sige til sig selv. Det var det, hun skulle lære. Måske var det også derfor, hun fandt sig i at stå her og vaske op, dag efter dag, for hele den store familie? Det var ikke godt at vide. I det hele taget kunne det sikkert være klogt at holde en lav profil og ikke vide for meget. Eller tænke for meget. Bare vaske op. Som om hun var en opvaskemaskine. Eller gøre rent. Som om hun var en rengøringsrobot. Eller vaske i vaskemaskinen i kælderen. Som om hun var en tøjvaskerobot. Eller skrubbe gulvet i kælderen, der næsten hver mandag var blevet så beskidt, efter at der havde været festet dernede det meste af weekenden. Som om hun var en gulvskrubberobot. Eller gå rundt og servere drinks for dem. I gildestuen. Som om hun var en serveringsrobot.

Det morede hende at finde på den slags ord. Men som sagt, det var tit bedst ikke at tænke for meget. Kun lige hvad der var nødvendigt. Ellers blev det alt for svært. Det duede ikke at være en tænkerobot. Det var der jo heller ikke noget, der hed. Det ville endda være ulogisk, hvis der var det. Så var det trods alt bedre bare at være en opvaskerobot. Det var der i hvert fald noget, der hed. Det var hun næsten helt sikker på.

Grå skyer

Maria så ud ad vinduet. Det var da et værre trist vejr. Tunge grå skyer hang over hele himlen. Det så ud som om de kunne blive utætte, hvad øjeblik, det skulle være. Måske lige om lidt. Eller måske først senere på dagen. Eller måske i nat. Det var ikke til at afgøre.

Hvis hun blev hjemme, så ville det sikkert holde tørvejr. Men hvis hun tog en rask beslutning og gik derhen nu, der hvor hun planlagt, så begyndte det sikkert at øse ned om lidt. Den slags kendte hun udmærket. Det havde hun prøvet så tit.

Det lød som den rene overtro. Men det viste sig nu tit at holde stik. Det havde faktisk regnet tidligere på dagen. Og i nat. Det meste af natten havde regnen silet ned. Hun havde hørt regnen slå mod ruderne, når hun vågnede og vendte sig om på den anden side mellem to drømme, som hun bagefter ikke kunne huske klart, kun som spredte, forvirrede detaljer, der pludselig kunne dukke op i løbet af dagen.

Men hun kunne tydeligt huske lyden af regndråberne, der slog mod tagruderne, når hun var lidt længe om at falde i søvn igen efter en lidt voldsom drøm. Det var som et gennemgående motiv, et ledemotiv for den nat, som vævede det, der skete i hendes urolige drømme og det udenfor drømmene sammen til en helhed, der prægede hende med en ny stemning af tvivl.

Som om der ganske stille var blevet sat et spørgsmålstegn ved mange af de ting, hun ellers havde været vant til at tage for givet. Som om nogen havde hvisket hende i øret, at det ikke nødvendigvis behøvede at være sådan, som hun ellers havde vænnet sig til at tage for givet. Ikke i konkrete detaljer, mere som en grundstemning.

Det var ikke idyllens frø, der blev sået. Det var tvivlens frø. Der gradvis voksede op og foldede sig ud. Som en invasiv art, tænkte hun senere, når hun tænkte tilbage. Men foreløbig kun som en vag fornemmelse af forvirring, der tog til i dagene efter og gjorde hende irritabel og humørsyg selv over for

småting. Som altid, når hun var irritabel på den der humørsyge måde, var hun ikke klar over, hvorfor hun var så irritabel, kun AT hun var det. Og knap nok det, for på dette stadium henførte hun stadig udelukkende sin irritabilitet til de konkrete ting, der udløste hendes irritation. Og lige nu skulle der ikke ret meget til. Det lumre, trykkende sommervejr, for eksempel. Det havde allerede været i mere end tre uger. Og det var som om det blev værre dag for dag. Og nat for nat. Især de nætter, hvor hun lå vågen og vendte og drejede sig. Men nu i nat var regnen endelig kommet. Ikke torden, ikke bulder og brag, bare regnen, der silede og strømmede ned og trommede mod ruderne. Det var som sød musik i hendes ører, en afklaring, en forløsning, der kom dansende frem. Nu følte hun, at hun var klar til at gå videre. Langt om længe.

Kors i skuret

Solskinnet buldrede ind ad det lille vindue i skuret. Sådan føltes det efter at det var klaret op oven på det voldsomme regnskyl. Det havde også tordnet. Voldsomt endda. Det havde været lige op over. Flere gange havde det lydt som om lynet slog ned lige i nærheden af det lille skur bagest i haven, op mod hegnet.

Endelig var tordenvejret drevet over, men nu begyndte det først for alvor at regne. Det var en rigtig tordenskylle. Regnen plaskede ned. Det regnede skomagerdrenge, som den gamle mand oppe i huset kaldte det. En vandpyt begyndte at løbe ind under døren til skuret, og snart fyldte den det meste af gulvet. Det var et held med de gummistøvler.

Et par steder var det gamle tagpaptag blevet utæt i tidens løb, og regnvandet begyndte at dryppe ned. Det vil sige til en start. Snart tapløb vandet ned igennem det utætte tag mindst 8-9 forskellige steder. Der hang en gammel regnfrakke på et søm, der var slået i en træstolpe. Den havde tilsyneladende engang udgjort en del af en skillevæg. Nej, der var faktisk to gamle regnfrakker, der hang på det samme store gamle, rustne jernsøm, der engang for lang tid siden var blevet hamret lidt skævt ind i den store firkantede stolpe af imprægneret træ. Men de to regnfrakker var helt ens, lavet af det samme materiale, og havde samme farve, så de var svære at skelne fra hinanden. De havde måske engang hørt sammen på en eller anden måde. Nu løb vandet fra et af hullerne i taget ned ad siden på en af dem og da regnvandet havde fyldt lommen på siden af regnfrakken, begyndte det snart at løbe videre ned ad siden på regnfrakken og dryppede derfra videre ned på cementgulvet med en lidt anden lyd end de andre steder, hvor det dryppede igennem oppe fra det utætte gamle paptag, fordi dråberne, hvis man stadig kunne kalde dem sådan, faldt fra forskellig højde, inden de med et lille smæld ramte det slidte og revnede cementgulv, der snart var dækket af en vandpyt de fleste steder, hvad der endnu en gang ændrede lyden, når regnvandet oppe fra taget slog imod det.

Det øsende regnvejr fortsatte i over en time. Så holdt regnen pludselig op, næsten som om nogen havde drejet på en hane og slukket for den store bruser oppe på himlen. Efter få minutter brød solen frem næsten som ved et trylleslag. Det virkede helt overvældende med det pludseligt så stærke og klare sollys.

Der var mørkt i skuret, bortset fra det ene lille vindue i væggen ved siden af døren med den massive lås. Derfor virkede det blændende sollys, der faldt ind gennem de små støvede ruder, endnu mere overvældende. Også fordi det var kommet så pludseligt og uventet. Næsten som en projektør, som nogen kunne tænde eller slukke for som de ville.

De små ruder i den gamle metalramme var ikke blot støvede, men også befængt med spindelvæv flere steder. Støvkornene dansede lystigt i de solstråler, der faldt ind gennem de 6 små ruder i det lille vindue i væggen ved siden af døren.

Skuret lå helt oppe i den bageste ende af den store gamle have, der i mange år ikke var blevet passet med andet end det mest nødvendige, og da slet ikke oppe i den bageste ende af haven mellem de gamle krogede træer og vildtvoksende buske og græs, der var alt for højt og iblandet gråbynke, kongelys og gyldenris, til at det gav nogen mening at forsøge at klippe det.

Det havde længe været sjældent, at der var nogen, der kom i skuret. Med mindre de da skulle hente noget i skuret, eller stille noget på plads igen efter brugen. Men selv det var efterhånden blevet noget, der kun skete sjældent og med lange mellemrum.

Skuret lå lige op ad det raftehegn, der adskilte den store gamle villas have fra nabohaven. Faktisk udgjorde raftehegnet, eller en forstærket udgave af det, en del af den ene væg i skuret.

Store Bededags middag

Det var Moster Aase, der fandt på det. Det med Store Bededag. Der skulle gøres meget mere ud af det. Det var slet ikke nok med de der varme hveder. Det forslog jo ikke rigtig noget. Syntes hun altså. Og hun lagde bestemt ikke skjul på det. Store Bededag burde fejres på en helt anden og mere betydningsfuld måde, der passede bedre til vor tid. Og her var det altså ikke lige Corona, hun tænkte på, men miljøet og klimaet og klodens tilstand.

Det var det, hun mente, vi burde bede om på Store Bededag. Og vi skulle selvfølgelig ikke bare sidde og bede om det. Hun mente, at det burde være en af årets vigtigste helligdage. Sådan i samme klasse som jul og påske, eller da i hvert fald på niveau med pinsen, for nu at starte et sted. Eller faktisk helst lidt mere end pinsen, indrømmede hun.

Det skulle være en af årets tre store højtider. Miljøets og klimaets helligdag. Hun var godt klar over, at det nok ikke bar realistisk at gøre det til en hel stribe af helligdage, sådan som det var med jul og påske. Man var nødt til at starte lidt mere beskedent.

I hvert fald burde der være en gedigen festmiddag, som familien kunne samles omkring. Det skulle så være om torsdagen, St. Bededags aften, som skulle fejres lidt mere end bare med de der hveder. De kunne jo være udmærkede i sig selv, især hvis de var økologiske, hvad de vist nok ikke alle sammen var.

Men der skulle altså også være en rigtig markant festmiddag, mente hun. Noget på linje med jul og påske. Landets dygtigste kokke burde komme med forslag til en rigtig lækker Store Bededagsmiddag, der med tiden kunne blive en lige så indgroet og selvfølgelig tradition som det at man spiste andesteg til jul og lam til påske. Men det skulle selvfølgelig være helt igennem plantebaseret, økologisk og klimavenligt. Måske var det ligefrem en opgave for et af landets store dagblade at udskrive en konkurrence om det bedste bud på en sådan plantebaseret Store Bededagsmiddag, der ud over at være rigtig lækker, også for dem, der ikke til daglig var vegetarer eller veganere, og som havde potentiale til at blive en lige så ikonisk madret som andestegen til jul eller lammekøllen eller lammekronen til påske.

Det var så om torsdagen. Så kunne man spise det varme hveder til aftenkaffen eller aftenteen.

Så var der jo selve Store Bededag, altså om fredagen, og det skulle helst blive til noget i stil med 1. juledag og 1. påskedag. Med en Store Bededags gudstjeneste i kirkerne, naturligvis med hovedvægt på de nye klima- og miljøspørgsmål, for det var jo omsorgen for klimaet og miljøet og klodens tilstand, der blev fejret her.

Og så kunne man gå hjem fra gudstjenesten i kirken og spise en overdådig Store Bededags frokost, også gerne sammen med familie eller venner. Den skulle naturligvis også være helt igennem plantebaseret.

Her var der endnu en opgave for dygtige og nytænkende kokke. Nemlig at udvikle en 100% plantebaseret og klimavenlig udgave af det store kolde bord – komplet med masser af små lune retter af forskellig slags. Tilberedt med fuld udnyttelse af alle de muligheder, som den seneste udvikling indenfor plantefars og andre plantebaserede køderstatninger gav. Naturligvis suppleret med nye og spændende grønsagsretter, salat, råkost osv. Det skulle helst være så lækkert, at selv kødspiserne foretrak det frem for det gammeldags traditionelle kolde frokostbord. Det betragtede hun som nogle vigtige ting i dette madglade land. Men findes der egentlig noget land i verden, hvor menneskene ikke er madglade? Forhåbentlig ikke, tilføjede hun, for hun hørte selv til de madglade.

Men det var stadig ikke det hele. Hun havde mere i posen. Der burde da også være en tradition for, at man gav hinanden Store Bededagsgaver. Lidt ligesom julegaver, både til børn og voksne. Men ikke store, dyre ting. Små sjove eller nyttige ting, der selvfølgelig skulle have noget med sagen at gøre, altså klimaet og miljøet. Og hvad med at flytte nytårsforsætterne til Store Bededag? Eller i hvert fald lave en pendant til dem, som jo naturligvis skulle handle om, hvad man i det næste år ville gøre til gavn for klimaet og miljøet og en mere bæredygtig verden.

Trivi-story no. 5

En gadedør åbnes. Døren holdes åben af en let bøjet arm, mens en mands slanke, næsten magre, men alligevel veltrænede krop med sikre bevægelser løftes ud gennem døråbningen af hans ben og fødder, de sidstnævnte iført elegante, velpudsede og næsten nye sko af et dyrt mærke. Døren lukkes i. fødderne plantes solidt på fortovet. Et hoved med kortklippet, velfriseret hår og velbarberet underansigt drejes fra side til side, mens gaden undersøges i hele sin længde. Alle tilstedeværende fodgængere, cyklister, biler og andre køretøjer, herunder et par aldrende løbehjulskørere, granskes et øjeblik, inden mandens opmærksomme blik flyttes videre til de næste i rækken. Gadens huse, døre, portåbninger og andet tilsvarende undersøges med samme grundige, men også hurtige og tilsyneladende veltrænede opmærksomhed. Efter et par minutters registrering af alt relevant trækkes der ganske let på skuldrene.

Der gribes bedre fat om håndtaget på en temmelig slidt dokumentmappe af brunt læder. Fødderne sættes i bevægelse hen over de slidte og flere steder temmelig skævt liggende fortovsfliser. Af og til trædes der et skridt til siden for at passere uden om en modgående fodgænger uden at støde ind i vedkommende. De fleste af butiksvinduerne forbigås uden interesse. Tempoet sættes op. Fødderne i de velpudsede sorte snøresko bevæges nu hurtigere hen over fortovets fliser. Dog uden at der løbes. Den faste, målbevidste gang fastholdes, uden at der vækkes opsigt, hverken ved skridtenes længde, deres gangart eller andet. Hastigheden fastholdes ligeledes på et niveau lige under det opsigtsvækkende.

Dokumentmappen svinges ganske let frem og tilbage med en lille bevægelse af den ene hånd, mens en længere strækning af fortovet tilbagelægges af de slanke bens veltrænede fødder i de elegante, sorte snøresko. Der standses. Dokumentmappen klemmes fast under den ene arm, mens en krøllet cigaretpakke af mærket Camel tages ud af en yderlomme i mandens lyse, men en smule krøllede cottoncoat. En enkelt cigaret bankes ud af pakken og stikkes i munden med de fyldige læber, der åbnes let for at tage imod cigaretten. Cigaretpakken lægges tilbage i frakkelommen. En lighter tages frem fra lommens dyb. Cigaretten tændes, mens der suges kraftigt indad. Der ryges. Lighteren puttes i lommen igen.

Under alt dette holdes den brune dokumentmappe til stadighed fastklemt under mandens venstre arm. Cigaretten tages ud af munden med højre hånd, mens en lang tynd stråle røg pustes ud mellem de let tilspidsede læber. Cigaretrøgens stimulerende virkning nydes tilsyneladende. Et blik fra mandens grå øjne kastes pludselig over mod en port ovre på den anden side af gaden et stykke længere henne, hvor en dør ind til en baggård eller lignende er ved at blive åbnet. Mandens venstre arm klemmes hårdere, næsten krampagtigt fast omkring den brune mappe for at forhindre at den tabes ned på fortovet. Med højre hånd stikkes cigaretten hurtigt i munden igen. Allerede samtidig med dette sættes mandens fødder i bevægelse hen over fortovets fliser igen. Et sammenstød med en modgående barnevognsskubbende yngre lyshåret kvinde undgås med nød og næppe.

Der mumles et næppe hørligt undskyld, mens føddernes tempo hen over fortovets knækkede fliser sættes i vejret, uden at der tilsyneladende længere tænkes på risikoen for at de omkringværendes opmærksomhed dermed påkaldes. Der høres pludselig en skarp og vedholdende lyd som af en bilalarm, idet en parkeret bil af mærket Mercedes-Benz i hurtigt tempo passeres af manden på fortovet i den lyse cottoncoat. Der løbes.

(Fortsættes i næste nummer).

HAIKU UDEN LINJESKIFT

Sommer i maj

Sommeren i maj Overraskede os alle Fantastisk dejligt

Efter en uge Opfatter vi det nærmest Som en selvfølge

Så vi bliver sure Hvis der pludselig kommer En dag med lidt regn

Nu forventer vi At sommeren varer ubrudt Frem til september

EN CORONA-FILM

- Morgen, bleg blå himmel
- En fugl på himlen
- En gadedør bliver smækket
- Der panoreres hen ad fortovsfliser – som set af et nedbøjet blik
- Billede af gaden, hvor der gås af kamerabæreren
- Torv, bænke, et blik ned i affaldskurve
- Tomme ølflasker ligger på en bænk
- Plasticpose med tomme ølflasker og øldåser
- En hånd tager en tom ølflaske op af en affaldskurv
- Fortovsfliserne ved siden af bænken
- Vue ud over det lille torv med fliser, bænke og et par blomsterkummer
- Skråt kig ned på posen med tomme flasker
- Kig ned i affaldskurven ved den næste bænk. Den er halvt fuld af blandet affald, men ingen tomme flasker.
- Der rodes i affaldskurven med en pind. Stadig ingen tomme flasker
- Skråt kig ned på en hånd, der holder posen med tomme flasker. Klirrende lyde.
- Der gås. Man ser fødder i skidte sko, der går hen ad fortovets fliser i 2-3 minutter
- Indgang til supermarked
- Klip til en ung kvinde, der kommer gående på fortovet

- Klip til en ung mand, der kommer gående i modsat retning, et godt stykke længere henne ad fortovet

- Mange meget korte, måske 5 eller 10 sekunders krydsklip mellem de to, hvor de kommer nærmere hinanden, men krydsklipningen stopper, da de stadig er et stykke fra hinanden

- Man ser i cirka et minut henad de tomme fortovsfliser bag ved der, hvor kvinden har gået

- De øverste blade af en gammel avis, der ligger på en fortovsflise, flagrer i blæsten, 30-40 sekunder

- Man ser flaskesamlerens slidte sko gå ud ad indgangen fra supermarkedet og hen ad fliserne på torvet

- En øldåse tages op af en plasticpose. Man ser kun hånden, øldåsen og plasticposen i nærbillede

- Man hører lyden af en øldåse, der lukkes op, mens billedet viser en lille hund, der tilsyneladende går foran sin ejer og trækker lidt i snoren, der åbenbart holdes af dens ejer, men man ser kun hunden og et stykke af hundesnoren i nærbillede. Klippet varer 20-30 sekunder. Mod slutningen af dette klip hører man et velhageligt "Ah", som fra en, der drikker en tår øl, han længe har trængt ti

A: Man kan ikke løbe fra sin skygge

B: Nej kun, hvis man løber ind et sted, hvor er der mørkt!

Martsmæssigt

Martsmæssigt Modstræbende Melder jeg mig Med min Maskinskrevne Mazurka Mens malstrømmen Maler møllens Mugne mel Og messende munke Mumler mange slags Mekaniske memoirer Mange Mennesker Mener Marts Er meget Mølædt

Mindrebemidlede Millionærer Mistænker De mest mislykkede Mirakelmagere For mulige og umulige Morarenter Mange Mennesker Mener osv.

Muntert smilende Mørkemænd Murer muldjorden til Med misantropiske Musefælder Men mere mærkeligt Forekommer det Når mønsterbørnene Møjsommeligt Møver sig gennem De møre mure Mens morsomme Midaldrende monarker Muntrer sig Med mosgroede Monstrøse mokkakopper
Mange Mennesker osv.

På mødeaftnerne Samles mødrene Om mørstegte Muslinger Mens molboerne Meget sympatisk Modsiger De mest modfaldne Morgentjenere Mange Mennesker osv.

HALLØJ! Vi er altså i juni måned!

- **Åh, det var da godt, du sagde det!**

HAIKU

Ved den stille dam

Sætter man åleruser ud

Til kroens gæster

Jeg har ikke været til luder!

Vi var kommet ind på værtshuset. Det så ud til at være et ganske hyggeligt sted. Ingen af os havde været der før. Der var temmelig mange gæster, men vi fandt alligevel et bord og bestilte en øl hver. Det trængte vi til. Vi havde kun lige skålet og fået vekslet et par små bemærkninger, da Roberts telefon ringede. Han havde ikke tænkt på at sætte den på lydløs. Han tog den.

”Nej, jeg kommer ikke hjem til aftensmad. Det ved du jo godt. Det er jo onsdag. Jeg sidder bare her på en lille hyggelig café og får mig en stille øl sammen med en gammel ven, som jeg tilfældigt mødte på gaden.”

Den anden sagde åbenbart noget, som Peter ikke kunne høre.

”Nej, jeg har ikke været til luder. Nej, hør nu her …..”

Her gik han i stå og så irriteret på et lidt højrøstet selskab, der lige var kommet ind ad døren. Der var i det hele taget en hel del baggrundsstøj, så han var nødt til at hæve stemmen, da han fortsatte.

”Nej, siger jeg. Jeg har ikke været til luder….. jeg siger: jeg har IKKE været til luder. Ja, her er en hel del støj i baggrunden. Kan du ikke høre, hvad jeg siger? Jeg siger, at JEG HAR IKKE VÆRET TIL LUDER.”

Han var nødt til at råbe for at overdøve al den højlydte larm i baggrunden.

Så fortsatte han, efter at den anden åbenbart havde talt ret længe. Det lød nærmest, som om det var hans kone, han talte med.

"Hvad siger du? Hvorfor jeg ikke har været til luder? Ja, selvfølgelig. Jeg ved godt, det var det, vi aftalte. Men du har jo glemt at give mig penge med."

Der var en kort pause, hvor den anden person åbenbart sagde noget. Så fortsatte han:

"Jamen, du har jo ikke givet mig penge med. Så kan jeg jo ikke gå til luder. Ja, jeg ved godt, det larmer i baggrunden. Jeg siger, du har glemt at give mig penge med. Jeg kan jo ikke gå til luder, når du ikke har givet mig penge med. Luderne gør det jo ikke gratis, vel."

Her var han igen blevet nødt til at hæve stemmen, så han nærmest råbte, og hele restauranten fulgte nu med i den lidt specielle samtale, som han havde med sin kone derhjemme.

"Ja, jeg ved godt, hvad dag i ugen, det er. Ja, jeg ved godt, hvad vi har aftalt. Det er da også okay, når du nu ikke selv vil. Men så må du også huske at give mig penge med til det. Det var jo en del af aftalen. Nu er det 5. uge i træk, at du glemmer det. Ja, jeg ved godt, at du sover længe og at jeg står op og tager afsted, før du vågner. Men du kan da for pokker bare give mig pengene om aftenen. Du vil jo aldrig forstyrres om aftenen, og det respekterer jeg da også. Men så kan du da bare lægge pengene på kommoden i entreen, så jeg kan tage dem om morgenen. Hvor svært kan det være. Efterhånden tror jeg næsten, du gør det med vilje. Ja, du påstår altid, at du bare har glemt det. Det var jo det, vi aftalte. Og så kan jeg jo ikke holde min del af aftalen, vel? Og så ringer du for at kontrollere. Du ved jo udmærket godt, at jeg ikke kan gå til luder uden penge. Og du vil jo heller ikke have, jeg finder en, der ikke skal have penge for det. For så er det utroskab. Jo, jeg kan godt huske dengang med Anita. Og med Marianne. Og med hende den rødhårede. Og hende servitricen. Men det lovede jeg jo at stoppe med, det var en del af vores aftale. Og det har jeg holdt lige siden. Ja, det har jeg faktisk. Fuldstændig. Men så skal du søreme også give mig penge med, så jeg kan gå til luder. Det var jo aftalen, at jeg så skulle gå til luder hver onsdag, og så lade være med at have nogen gratisdamer og lade være med at plage dig med noget som helst. Og det har jeg sgu da holdt! Det har jeg da holdt til punkt og prikke. Hele tiden. Men så må du også holde din del af aftalen og huske at give mig de penge med. Det her er sgu da urimeligt."

Der var en lille pause i hans talestrøm, hvor den anden part – hans kone – sagde noget, som de andre på restauranten ikke kunne høre. Så tog han ordet igen.

"Hvornår jeg kommer hjem? Det ved jeg sgu da ikke! Nej, jeg er ikke sammen med nogen damer. Jeg sidder her sammen med en god gammel ven, som jeg rendte ind i ude på gaden og får en lille, stille pilsner. Og senere spiser vi sikkert middag et eller andet sted. Det er længe siden, jeg har set ham sidst. Det skal du da ikke bestemme! Om jeg nu pludselig er blevet til mænd? Sgu da ikke mere end du er til kvinder. Hvad for noget!

Jamen, det blander jeg mig da ikke i. Det var også en del af aftalen, det ved jeg da godt. Har jeg måske nogensinde blandet mig i det, andet end af almindelig nysgerrighed og venlig interesse? Nårh, det indrømmer du dog.

Hvad det er, jeg forlanger? Jeg forlanger såmænd bare, at du skal give mig penge med, så jeg kan gå til luder en gang om ugen, sådan som vi har aftalt. Så fat det dog. Så skal jeg nok holde min del af det. Det er jo til at blive vanvittig af, det her."

Endnu en pause, hvor konen sagde noget, man ikke kunne høre.

"Det kommer ikke dig ved. Jeg aner ikke, hvor sent, det bliver. Jeg kommer hjem, når det passer mig at komme hjem. Good-Bye."

"Møgkælling," vrissede han og ville stikke telefonen i lommen med en voldsom og demonstrativ bevægelse, men kom i stedet til at tabe den på gulvet. Det gjorde ham bare endnu mere sur og vranten, men det lykkedes ham da at få den samlet op igen uden at komme til at vælte det lille cafébord med ølflasker og halvfyldte glas.

Så skulle han lige sunde sig med et par solide slurke øl og lidt flere brokkerier, inden han kunne vende tilbage til en mere normal samtale om andre emner.

Det skulle såmænd også være ham vel undt. Det trængte han vist til oven på den omgang. Jeg kender jo lidt til hans hjemlige forhold.

Jeg har jo efterhånden kendt ham i mange år. Lige siden vi var unge, faktisk, og lå og turede rundt sammen. Nu går det jo mere stille og roligt for sig. Det er ikke så tit, vi ses mere. Vi har jo hver vores at passe. Jeg tror ikke altid, han har det så nemt med sin kone.

(Uddrag fra romanen "Salatspiserens hemmelighed").

WINDY CITY

En hel "by" bestående af flere hundrede kæmpestore lodretakslede vindturbiner. Formål: storskala elproduktion mhp eksport af el til Tyskland, hvor man er i gang med at lukke atomkraftværker.

Der bygges efter princippet om et "Dobbelt-kraftværk" bestående af et vindkraftanlæg kombineret med et mere konventionelt kraftværk drevet med biogas, som en samlet enhed, der via computerstyring leverer en konstant elproduktion, uanset hvor meget eller hvor lidt det blæser, så det kan blive en fuldgyldig erstatning for f.eks. et a-kraftværk.

Anlægget dimensioneres, så det ved normal vindmængde kun producerer el fra vindturbinerne. Biogasanlægget er altså ment som et supplement, der kun startes op, hvis der ikke er vind nok.

Oplagring af "overskydende" vindenergi ved særlig stærk blæst kan også indgå.

Hele byen skal samtidig være en temapark over temaet "en nedslidt, rusten industriby efter det store miljøsammenbrud" – dvs hvordan det risikerer at gå, hvis vi ikke passer på miljøet og klimaet. Dette afspejles først og fremmest i byens og også vindturbinernes visuelle udtryk. Derfor store, "rustne", tårnlignende vindturbiner (lodretakslede) i stedet for traditionelle vindmøller. Som relikter fra en forladt industriby. Resten af byen, gader og temapark-aktiviteterne m.v. holdes i samme stil.

En bevidst overdrevet og oplevelsesbaseret form for anskuelsesundervisning, også med humoristiske/ironiske indslag. En hel (nedslidt og halvvejs forladt) gammel industriby med 5-6 gader og huse etc i samme stil. Med temapark-aktiviteter for både børn og voksne, familier og skoleklasser etc. Og turister fra udlandet.

Kan naturligvis først realiseres efter Corona.

Måske skal der også være (bevidst gammeldags, nedslidt) hotel i samme stil, så der er overnatningsmuligheder ved weekend-ophold. Og faciliteter til lejrskoleophold for skoleklasser.

Det rustne, forfaldne industriby-tema (en slags "ghost town") skal afspejle samfundet efter et miljøsammenbrud. Et nedslidt samfund, et fattigdomssamfund, et restriktivt samfund – i en noget overdrevet, oplevelses-orienteret udgave, der kan blive udflugtsmål og turistattraktion for endages og evt. også flerdages turister fra Danmark og Nordtyskland. Og hvis kerne jo altså samtidig er et meget stort vindkraftværk, der ideelt set skal kunne erstatte et af de nedlagte atomkraftværker i Tyskland. Og som samtidig skal rumme udstillinger og biograf, computerspilscafeer etc., der fortæller om forskellige sider af miljø- og klimaproblematikken. Måske også en afdeling af Eksperimentarium.

Foreslås placeret i Sønderjylland af hensyn til turister fra Tyskland, og hvis elproduktionen skal eksporteres til Tyskland. Det vil skabe en hel del arbejdspladser i alle de enkelte dele af temaparken, på restauranter, cafeer, isboder, hotel og andre overnatningsmuligheder osv.

Både de store vindturbiner og husene i byen holdes i en stil som en gammel nedslidt industriby f. eks. fra rustbæltet i USA – i en noget overdrevet udgave for at understrege pointen.

Andre designelementer såsom indretning af udstillingslokaler, restauranter, biografer og så videre kan for eksempel være inspireret ad gammel amerikansk 1950'er stil eller med noget twin peaks-agtigt.

Der spilles på, at det er et restriktivt knaphedssamfund med korruption og små-bestikkelse i hverdagen. For eksempel kan man på restauranterne i hovedgaden kun få retter med slatne grønsager eller tynd suppe – men tjenerne spørger diskret hviskende, om man måske gerne vil have en kødret eller en virkelig lækker vegetarret, for kan han oplyse, hvor der ligger en smugkro, der serverer den slags, inde i en baggård eller i en kælder i en lille smal og skummel gyde. Men så skal han lige have en 20-krone for at fortælle en, hvor det er. For det er jo sådan et lidt illegalt sted, der ikke er nævnt i nogle af de officielle turistguider for byens gæster. Alt sammen bevidst iscenesat.

Dette princip gennemføres også på andre områder, i en lidt humoristisk stil, der passer til temapark-konceptet.

De forskellige bydele kan være indrettet i lidt forskellig stil. En bydel er måske i en stil, der minder om Chaplins film "Moderne tider" – i en forfalden udgave.

En af restauranterne er måske indrettet i noget, der ligner en gammel fabrikshal, hvor der stadig står nogle gamle rustne maskiner mellem nogle af bordene. En af smugkroerne er måske møbleret med små gamle formica-borde uden dug på i hjørnet af et (fingeret) gammelt, forladt bilværksted, hvor der står et par gamle bilvrag i hjørnerne.

Eller måske skal der være et lille kvarter med smalle gyder og huse inspireret af de kubistiske dekorationer i den gamle klassiske stumfilm "Dr. Mabuse" – her er der også et kontor i stil med kontoret i den film, hvor gammeldags stive bureaukratiske "embedsmænd" skal sætte et stempel i det "pas", man får udleveret, når man passerer bygrænsen og bliver lukket ind i byen af "grænsepolitiet". Her skal også betale entreen for at komme ind i temaparken. Entrébilletten er så dette "pas" som man skal have stemplet på det skumle kontor og bagefter kan tage med hjem som en souvenir.

Måske skal "byen" også have sine egne "penge" – gamle slidte pengesedler af papir i et design, der passer til – "Windy City dollars" – som selvfølgelig kun kan bruges der i byen, og som skal veksle til på et vekselkontor og bruge til at betale med overalt i byen/temaparken, også når man spiser på en restaurant, køber en iskage, eller tager en lille tur med en af de gamle rustne, nedslidte taxaer, der er de eneste biler, der må køre i "byen".

Alle folks egne biler og cykler, skal parkeres uden for byen, men man kan også blive transporteret rundt i den lille by i en cykel-rickshaw.

Mange andre elementer i samme stil kan indgå i temaparken. Der skal satses på underholdning og oplevelse. Måske også noget, der ligner (en parodi på) et skummelt og sleazy forlystelseskvarter i en gammel amerikansk film.

Også de store vindrotorer, der nok skal være cirka på størrelse med Rundetårn i København – nogle lidt større, andre lidt mindre – skal designes, så de passer til dette design-koncept. Derfor vil rustentudseende kæmpe vindrotorer passe bedre her end de velkendte hvide vindmøller.

Disse store vindrotorer vil formentlig være billigere at fremstille end de traditionelle hvide vindmøller, men måske med en lidt lavere effektivitet, selv om de selvfølgelig skal effektiviseres med henblik på maksimal elproduktion.

Da de er lodretakslede og udformet, så de ligner et tårn, kan akslen lejres i begge ender, det vil sige både foroven og forneden, hvilket vil gøre det nemmere at få dem til at køre lydsvagt og vibrationsfrit. Hvis de males med for eksempel rustlignende mat maling, kan man også undgå, at de kaster generende lysreflekser.

Hvis "vingerne" (rotorbladene) kan presses ud i stålplade, kan de formentlig fremstilles betydeligt billigere end de traditionelle vindmøllevinger af glasfiber. Hvis vindrotorerne fremstilles helt af jern eller stål, vil de også være mere ukomplicerede at affaldshåndtere, når de engang skal udskiftes og skrottes, fordi der ikke er tale om kompositmaterialer. Og så skal temaparkens andet vigtige mål om at oplyse og bevidstgøre om klima- og miljøproblematiklen naturligvis også udvikles i detaljer.

Sammenfattende kan man sige, at "Windy City"-projektet har et tredobbelt formål, nemlig for det første el-produktion i stor skala – og el-eksport til hel eller delvis erstatning af et af de nedlagte tyske atomkraftværker – eller som del af den danske overgang til en 100 % elproduktion fra vedvarende energi. For det andet en oplevelsesorienteret temapark om nødvendigheden om omlægning til et mere bæredygtigt samfund. Og for det tredje skabelsen af en turistattraktion med en hel del lokale arbejdspladser i temaparken.

Tiggersang

Tigge-takke

Tigge-takke

Ikke snakke

Ikke vrøvle

Bare snøvle lidt

Ellers tie stille

Være lille

Se ud

Som det er dig

Der er min gud

Lige nu

Og minuttet ud

Se ud som det er fedt

Med så lidt

Takke for din mønt

Ønske dig en dejlig dag

Og held med alt

For en femmer

Eller mindre

Tænke det er godt begyndt
Jeg har passeret start
Gøre mig parat
Til den store øvelse
I Østerbøvelse
Ikke bare sidde her
Men gøre meget mer
Ikke vær' en dovenkrop
Men se at komme op
Og stå og bukke
For de smukke
Spille med i deres cirkus
Som en fjollet lille klovn
Der har lært at gå på line
For de fine
Gøre som de siger
Gi dem deres smiger
Hop hop
Og mere hop
De siger man skal yde
Førend man kan nyde

Tristhedsdigt nr. 1

Jeg stamper mine fødder i kulden Mod brosten så hårde som klipper Jeg ser på de tristeste træer Nord for Paris, Mallorca og Det græske øhav Og undres så såre over verdens gang

Hvor var din sweater dog lodden Og æterisk blød som en morgen i maj Og hvorfor gik du din vej Med mit hjerte i lommen Som den fordærvede lommetyv du er

Det eneste du efterlod til mig var nitusind nubrede novembernætter uden for nummer Fulde af kulde og blæst fra vest Der trækker ind ad alle mine sprækker Selv træernes frodige blade Og månens lys tog du med Den gråvejrsaften i oktober Hvor din bil ville starte Fordi jeg havde skiftet dine tændrør

Se bare hvad du har gjort Nu slår regnen vist over i slud Og lygterne slukkes på gade og vej For at spare på lys og på håb Her efter midnat

Slagregnen trommer sin sang om svigt og savn Og de vildeste vådeste drømme Kørt gennem din vridemaskine, hængt ud i regnen, Revet i strimler af en halv pelikan Og smadret til plukfisk på asfaltens sodsorte spejl Eller serveret som maskintorsk på en nedslidt sidegadebodega Der slet ikke må sælge varm mad til drikkevarerne

En bilmotor summer så fjernt og længselsfuldt af sted

En dieselhakker væver sin melodi deri Nej nu er der to der skråler om kap En alvorligt udboret knallert Hamrer sig møjsommeligt sin vej gennem byen Ud mod nye beduggede bedrifter

Mens jeg står her så ene i natten Strandet som et simpelt stykke drivtømmer Vraggods fra en stormflod På et værtshus fuldt af tomme, væltede flasker Og alt for fyldte askebægre Skyllet i land på et tilfældigt fortov Fuldt af sorte huller og meget knækkede fliser Og vissent ukrudt mellem de ujævne brosten Og dem der helt mangler

Mens en skræppende krage i ly under hækken Skubber et råddent æble den har fundet hen til sin sultne kragemage date i håb om at friste ham

Sådan begynder

HAMLET I JULEHUMØR

HVORFOR IKKE LAVE HAMLET SOM JULEKALENDER I TV? Tid til at planlægge det!

En af mine bekendte havde engang været i teatret for at se Shakespeares "HAMLET". Og som han bagefter sagde: den gamle udgave af Hamlet er så frygtelig tragisk. Helt ude af trit med vor tid, hvor vi lægger så stor vægt på positiv tænkning, positiv psykologi, konstruktive problemløsningsteknikker, girafsprog, win-win situations, og hvad det nu alt sammen hedder. Så måske trænger fortællingen om Hamlet til at blive opdateret til vor tids langt mere positive og konstruktive måder at løse problemer på. ikke mindst af hensyn til den opvoksende generation.

Så hvorfor ikke smøge ærmerne op og tage tyren ved hornene og lave Hamlet som årets TV-julekalender i de sædvanlige 24 afsnit, hvor både børn og voksne er velkommen til at kigge med. I den sammenhæng må den i sagens natur blive en hel del anderledes end den gammeldags, som de plejer at spille på teatrene rundt omkring. Ellers bliver det nok svært at opretholde ret meget af den klassiske julestemning. Med andre ord: der er i den grad brug for radikal nytænkning.

Men selve starten kan for så vidt godt være nogenlunde den samme som i den gammelkendte version. Altså det med, at Hamlets far, den tidligere konge, der brutalt er blevet myrdet, i en sen nattetime viser sig som et spøgelse for Hamlet og pålægger Hamlet at hævne ham. Bortset fra, at det ville være oplagt her at lege lidt med nogle gys og gru effekter, så der også bliver noget, der fra starten kan fange interessen hos de lidt større børn.

Men Hamlet vægrer sig som bekendt ved at påtage sig opgaven. Han synes vist ikke, det er nogen særlig god ide. Han har jo studeret ved et topmoderne universitet i udlandet og der har han lært nogle helt andre og mere moderne omgangsformer end den gammeldags blodhævn som den kendes fra de islandske sagaer. Så det er nok ikke lige hans stil.

Så i denne her moderniserede udgave så nøjes han foreløbig med at klovne lidt rundt som en slags hofnar, der står for underholdningen ved de mange julefrokoster og andre julekomsammener, som julemåneden er tæt besat med. Men ind i mellem er der nogle af de lidt mere voldelige typer, der prøver at overtale ham til at træde i karakter som sin fars blodige og grusomme hævner, for i de miljøer, de kommer fra, er det nu engang sådan, man plejer at løse den slags problemer. Og til sidst begynder det faktisk at gøre indtryk på Hamlet. Især når han har kigget ekstra dybt i noget, der nok er lidt stærkere end julegløgg, kan han godt blive grebet af den lidt mere rå stemning og en aften bliver han overbevist om, at han må tage sin pligt til sat hævne sin far alvorligt. Det beslutter han højtideligt i en ordentlig julefrokostbrandert. Nu skal han ud at bevise, at han er et rigtigt hårdkogt mandfolk, der forstår sig på den slags.

Næste dag fortæller han begejstret sin søster Ofelia om sine nye planer. Men Ofelia synes, det er en rigtig dårlig ide og prøver at tale ham fra det. Ofelia er faldet i unåde ved hoffet fordi hun har psykiske evner og ved hjælp af en særlig teknik kan se ind i fremtiden og hvad de handlinger, man vælger at gøre nu, vil få af konsekvenser på længere sigt. Hun lægger sin særlige udgave at tarotkort i en magisk stjerne, så kortene kan fortælle hende om hvad konsekvenserne vil blive, hvis Hamlet gennemfører sine hævnplaner. Og kortene siger helt klart og entydigt, at det vil ende i kaos og tragedie for alle involverede. Alle vil blive dræbt. Kongeslægten vil uddø og kongerige vil blive overtaget af et fjendtligt naboland. Derfor bruger hun alle sime overtalelsesevner til at prøve at tale Hamlet fra det. Men selv om Hamlet har været længe om at beslutte sig, så er han stædig, når han først har bestemt sig.

Som sagt er Ofelia blevet bortvist fra slottet, fordi hoffet ikke bryder sig om hendes clairvoyante evner, som gør, at hun ved meget mere om dem, end de bryder sig om, og kan gennemskue al deres falskhed og hykleri. Og så er hun begyndt at klæde sig som punker med tilhørende hår og makeup, mens alle de andre ved hoffet stadig går rundt i tøj fra 1500-tallet. Derfor er hun blevet stemplet som gal og er blevet sendt bort til et såkaldt "Nunnery" i nærheden. Ordet nunnery har den dobbelte betydning af et kloster og et horehus. Og det er lige hvad det er. altså begge dele på en gang.

Officielt er det nemlig et kloster, der passer og plejer og helbreder syge og værkbrudne, hvis de donerer en gave til klosteret. I praksis er det kun mænd, der kommer for at blive passet og plejet, og kun velhavende borgere, der har råd til at donere en rigtig stor pengegave til klosteret. Og de er ikke ligefrem dødssyge. De fleste lider blot af stress eller trænger til en lille ferie fra deres slidsomme job som købmand, godsejer, ridefoged, eller officer. På klosteret får de en udsøgt og mere personlig, nogle ville sige intim pleje af smukke unge kvinder, klædt i lette og udfordrende gevandter, som man normalt ikke ville forvente at finde på et kloster.

Ofelia bryder sig egentlig ikke om at skulle underkaste sig mænds ønsker og lyster, men hun har en grund til alligevel at lade som om hun gør det her. Hun har nemlig sin specielle helbredende sundhedsdrik, baseret på en hemmelig urteopskrift, som kun hun kender, og som hun serverer for mændene hver dag som et vigtigt led i deres såkaldte helbredelse.

Og den virker faktisk afstressende og gør dem utroligt glade og tilfredse. Og så også noget andet, som hun ikke taler så meget om. Den ændrer nemlig deres tankegang og mentalitet, så de bliver venlige og hjælpsomme i stedet for at være hårde og brutale, som mange af dem lider af.

Ofelia er ganske opfindsom. Så hun spørger Hamlet, om han gerne vil være konge. Jo, selvfølgelig, han er jo kronprins, så det har altid ligget i kortene, at han en dag skulle arve tronen. Men nu, hvor Hamlets far er blevet myrdet af hans onkel, fortoner det sig i det uvisse.

Ofelias spådomskunster har endda peget på, at hvis Hamlet gør som traditionen byder og hævner sin far ved at dræbe faderens drabsmand, så gør det ikke Hamlet til konge, men betyder kongerigets og alle de impliceredes undergang. Men Ofelia har en plan, siger hun. En plan, der kan gøre Hamlet til landets konge. Nu kan ikke lade være med at spidse ører og lytte efter.

Ofelia har nemlig brygget videre på den sundhedseliksir, som hun giver mændene, som hun plejer under deres ophold i klosteret. Resultatet er blevet alle tiders julegløgg, siger hun. Hamlet får lov at smage, og han er begejstret. Han har aldrig smagt noget lignende.

De aftaler, at hun skal brygge en ordentlig portion af den og Hamlet skal så servere den for alle ved hoffet som årets julegløgg. Det særlige ved den er, at den ligesom sundhedsdrikken gør dem, der drikker den, meget venlige og hjælpsomme, ja nærmest opsat på at gøre en enhver tjeneste, man beder dem om. Hamlet får en stor portion med hjem og bliver løbende forsynet med alt, hvad hoffet kan drikke, og det er ikke småting. Efter kort tid er Ofelias julegløgg det eneste, de gider drikke, fordi de smager så fantastisk og gør dem i bedre humør, end de nogensinde før har været i.

Så begynder Hamlet at udnytte den virkning, julegløggen har på dem. Og de gør med glæde alt, hvad han beder dem om. Så han får stille og roligt lokket alle magtens symboler fra dem. Skatmesteren giver ham uden videre nøglerne til skatkammeret.

Den øverste marskal giver ham marskalstaven og dermed kommandoen over hæren. Og sådan hele vejen igennem. Kronen og scepteret, rigsæblet, alt hvad der hører med til kongeværdigheden og ikke mindst kongens magt.

Da det er på plads, kan Hamlets tro folk i ro og orden arrestere onklen, der brutalt myrdede Hamlets far. Og de andre ballademagere. Og så er vejen banet for, at Hamlet – i julekalenderens sidste afsnit, den 24. december kan indtage sin retmæssige position og blive kronet til landets nye konge. Og det endda uden, at der er flydt en eneste dråbe blod.

Men til gengæld nogle seriøst store mængder af Ofelias fantastiske heksebryg – undskyld julegløgg.

ANDRE BØGER AF HENRIK NEERGAARD PÅ FORLAGET BoD, Books On Demand

Den digitale litteraturs velsignelser

En dejlig utraditionel og på mange måder tankevækkende bog, undertiden krydret med en befriende humoristisk tankegang. Ikke uden overraskelser, anderledes vinkler og en lille gætteleg for læserne. Uventede associationer, indsigter og synsvinkelskift kan ikke udelukkes. Bør formentlig læses af alle andre end computerprogrammører og andre digitale fagnørder, på hvem den sikkert vil virke ret provokerende.

144 sider, kr. 148,- ISBN 9788743008798

Dovne Kenneth - Eller Troen på Utroskab - Roman

En letlæst og humoristisk skrevet roman om nogle temaer, der vil være kendt af mange, men forhåbentlig i en mere afdæmpet form. Bogens to hovedpersoner er et ægtepar i 60'erne, og man følger en del af deres større og mindre genvordigheder med hinanden og nogle af de almindelige tendenser i tiden. Krydret med en hel del overraskelser og groteske episoder, der nok vil få de fleste til at trække på smilebåndet.

En feel-good bog for læserne, men ikke nødvendigvis for de to hovedpersoner, der dog kommer ud af det med skindet på næsen til sidst.

186 sider, kr. 195,- ISBN 9788743009283

Dalredage (Diesel-haiku)

En serie på 209 haiku-digte, der danner et forløb omkring en kollapset forelskelse og hovedpersonens forsøg på at komme videre i både hverdag, fantasi og udskejelser.

88 sider, kr. 159,- ISBN 9788743001300

NATMILJE - Roman

En mand indgår et væddemål ved en fugtig julekomsammen. Han vædder med en kvindelig akademiker om at han da sagtens kan skrive en bog, selv om han ikke er spor intellektuel. Og så er han jo også nødt til at skrive den der bog for ikke at tabe væddemålet. Bogen kommer til at indeholde lidt af hvert om store og små oplevelser fra hans daglige tilværelse. Og minsandten også nogle tanker og filosoferen om ting og fænomener ude i verden og i samfundet. Ikke mindst den tekniske udvikling, hvor han og nogle venner blandt andet er ret skeptiske over for de selvkørende biler, for de kan godt lide selv at sidde bag rattet og styre deres egen bil. Ellers bliver det jo bare en slags offentlig transport. Mon der for eksempel er ret meget ved en selvkørende motorcykel? Han siger selv, at bogen ikke er autofiktion – ikke almindelig autofiktion i hvert fald.

160 sider – 185 kr. ISBN 978874301491